U0510308

文

景

————

Horizon

社 科 新 知　文 艺 新 潮

沉默的经典

清晨之前的月亮

W.S.默温诗集

[美]W.S.默温 著 柳向阳 译

上海人民出版社

目录

花园时光

清晨之前的月亮

I

II

III

IV

花园时光

愚人的时间用时钟度量，

但智者的时间，没有时钟可以度量。

——威廉·布莱克，《地狱名言》，

出自《天堂与地狱的婚姻》

清晨

我会这样爱它吗，如果它能持续

我会这样爱它吗，如果它是

整个天空，唯一的天堂

或者如果我能相信它属于我

只属于我一个人所有

或者，如果我想象它注意到我

认出了我，可能已经来看望我了

来自我从不知道的所有清晨

和我已经忘记的那些清晨

我会这样爱它吗，如果我在别处

或者如果我第一次变得更年轻

或者眼前这些鸟不是正在唱歌

或者我听不到它们或看不到这些树

我会这样爱它吗，如果我正遭受痛苦

身体的红色折磨或悲伤的灰色空虚

我会这样爱它吗，如果我知道
我会记得此刻在这里的任何事物
任何事物任何事物

别的黑暗

有时在黑暗中我发现自己

在一个我似乎在另一时间

已经熟悉的地方

我想知道

经历了我不曾见过的日出和日落

它是否已经改变

我记得的那些事物

是否还在我记得它们的地方

倘使我的手在当下的黑暗中

碰触到它们，我会认得它们吗

它们会认得我吗，它们

这段时间一直在黑暗中

等待我吗

不早不晚

是我来到了这个年纪
还是年纪来到了我身上
哪一个带来了所有这些
沉默的意象在它们朦胧的河上
显现着消逝着像这条河一样
都不置一词虽然它们都知道我
我能明白它们总是知道在哪儿找到我
给我带来它们知道我能认出的东西
它们知道只有我能认出的东西
给我看我以前不可能见过的东西
然后留下我去弄明白我自己的疑问
消逝着不做任何许诺

金龟子之问

从完全的阴影中你们的声音响起

在五月最后一个上午结束时

（按我们日历上对这个月份的称呼）

但你们从哪儿开始变得不计其数

今天中午之前你们从哪儿来

你们记得什么，当你们乘着一个音符

从光线昏暗处进入光亮里

你们的音符是你们光芒的节拍

正像太阳那样抵达一次

但此前你们在哪里，你们从哪里来

在变成今天的模样以前

从我们的阴影中

有那么多词语表达悲伤

而鲜少词语表达快乐

也许没有一个

能够描述

那眼秘密泉水

从词语前面涌出的声音

虽然当它的噪音

在我们内心响起时

我们希望能

向别人描述它

如果他们愿意停下来倾听

谈论

超越词语的东西

悲伤就可能在幸福之中

在我们内心升起

快乐可能在巨大的悲伤之中

令人意外地占有我们

它们两个都认得我们

从我们来这里之前就认识了

但如果我们对它们说话

只有悲伤逗留不去

听我们说完

快乐却消失不见

也许它会等着我们

在我们最意想不到的地方

噢沉默之手

生于沉默的手，沉默之手

生于黑暗的手，黑暗之手

沉默之左手，沉默之右手

清澈天光中的黑暗之手

无声无亮的火的手指

沉默的手把音乐带走

而音乐仍日夜回响

沉默的手指抚过琴弦

抚过没有自己歌曲的白键

当长笛奏响它的远方之歌

指尖统辖着长笛上黑暗的笛孔

音乐抚过那颗心等待着的黑暗

抚过它一次而没有认出它

沉默的心欢迎这支歌回家

万物之声

雨停了

你从未听到它停

然后从树上淅淅沥沥，然后

谁能听到雨水不再洒落

不再到来，然后

不再到来

其他事情必定也正这样发生

在我们周围却听不到

你从未听到那只狗停止吠叫

无论你是否在听

我们听到事物发动，继续

呼喊，尖叫，歌唱

说你好说再见，但听不到

停止的声音

万物之道即如此吗

停止没有声音吗

"停止" 停下来的时候

没有声音吗

然后没有声音

没有停止

黑樱桃

五月已晚，当光亮变长
迫近夏天，年幼的金翅雀
一整日扑棱而下，第一次
发现它们身在飘落的花瓣间
正轻摇着白日的色彩
在旧屋旁花园白日的阴影里
一季无雨的寒春之后
听不到来自空空村庄的声音
我站在那儿吃着来自头顶
果实累累的树枝上的黑樱桃
对自己说"记住"这一切

五月底的清晨

他们昨天收割了长牧场

从房子下面向外，直到橡树林

和灰树林边界，黄鹂又开始歌唱

在山谷上空，这个静止的清晨

梳理后的地垄恣意伸展着长度

飘拂过睡眠进入黎明的边缘

鬼魂们经过这里回家，涉过割下的青草

堆成的面包，沿着尚未醒来的地垄

鬼魂们从那片核桃树下进来——

核桃树比我记得的任何人都老

我出生时它们已经在那里生长多年

此刻天光填满空空的地垄

古老的树木把阴影聚集在自己下方

整日守护着黑暗皇后

回忆夏天

太暖和，那位年长女士对我说
比太冷要好，如今我想
介于中间才最好，因为你根本
不想这事，但那样过得太快
我记得有个冬天多么冷
我到哪儿都暖和不起来
但我从不记得有夏天热成那样
只记得漫长白日，树木的呼吸
母鸡仍在小路上交谈的夜晚
山谷中光亮变长
有钟声从下面某个地方传来
此刻我坐在这里还能听到

秋分后的光亮

光亮在清晨树林的高处嬉戏

它只把时间用来嬉戏

它停下，在高处保持静止

鸟儿和它一起停下，悄无声息

永远不知道那样持续了多久

然后鸽群在另一个年代再次醒来

白色足印在长叶片上

开始舒缓的舞蹈，带着影子的足印

舞者移动在影子的臂弯里

影子正在寂静中欢庆秋分

欢庆光亮的离去

漫长夏天被记住的日子

致这些眼睛

我所熟悉的

仅有的人

你们已经给我看了

从一开始

我要来看的

正如它们正在消逝

你们给我看了

夏季国度里的那些面孔

河流，此刻的花园

通往这里的所有道路

相认的笑容

黄昏时寂静的房间

也细细看过了

我妈妈过世时戴着的眼镜

我只在镜子里

看见过的你们啊

请继续给我看

你们带我去看的面孔

日光，鸟的时刻

清晨的草叶

只要我看着

期待着能瞥见

还不曾看到过的事物

一直到后来 [1]

一直到后来
你不得不变年轻

这是你曾打算
后来去做的一件事

但那时一直有
另一个人住在那里

伴着涌来的暮色
你在那里是怎么变年轻的

那时候
带着所有被期待的

---

[1] 原诗标题"Once Later",可直译为"曾经后来"或"一旦后来"。——译者注,下同

然后发生了什么
对那些期望

那里没有他们的踪迹
一个阴影穿过窗口暗处

他们在那里知道什么
无论他们是谁

破晓时的雨

一滴一叶，雨滴找到了它们自己的树叶
其他的纷纷追随，像故事铺展
它们在苏醒的鸽群中到来，无人看见
鸽群从山谷的睡眠中应答
没有其他声音或其他时间

夏日天空

阳光注满树叶，七月在蝴蝶间浮游

我从出生那天起一直在接近这清晨的光亮

我曾独坐高窗边，寂静中看见它的童年

再没人看见它，再没人会认出它

此刻是同一个孩子望着这浮云变幻

它们自视野之外出现，变幻，正如此刻穿过它们

日光的翅膀

光亮出现，把万物给我们看

它展现绚丽，它称之为万物

但它把万物给我们每个人单独看

只有一次而且只是看

不能触摸或留在我们的影子里

我们看到的从来不是我们触摸的

我们获取的，结果是其他事物

我们一时看到的又原封不动地离开

而其他影子聚集在我们周围

世界的影子和我们自己的缠绕一起

我们已忘记它们但它们认识我们

它们记得我们从前的素常模样

在第一个影子到来前它们已在此自在如家

除了影子，万物都将离开我们

但影子携带着整个故事

在第一缕曙光中张开它们长长的翅膀

蜻蜓之后

蜻蜓像阳光一样常见

悬停在它们自己的日子里

向后，向前，侧身

仿佛它们是记忆中的事物

此刻，成年人匆匆忙忙

他们从来看不到一只

更不知道他们

没看到什么

蜻蜓两翼上的脉纹

是用光做的

树叶上的脉纹熟悉它们

和流淌的河水

蜻蜓来自水的颜色

知道它们自己的风格

当我们出现在它们的眼里

我们是陌生人

它们飞走时随身带走了它们的光

没有一只蜻蜓会记得我们

陌生口音

这些词语已被用于

那么多事物

此刻它们怎能述说

这清晨的光

褶状叶上的白

和八哥的喧闹谈话

在此陌生

如我

在此自在如我

衰老如我

对这同一地方

有另一种记忆

八哥一直在飞

飞来飞去

不同意

我们所认出的

征兆

一把珍爱的弯刀

二十年的伴侣

在一个不远的地方

丢失了

标志着一个年代结束

你和我一起寻找

却没有找到

然后做了这个梦

那个过世不久的老朋友

要一本书

它在我的书架高处

当我爬上去

他拿走了梯子

躺在地板上大笑

笑我所知寥寥

随后他变成了一条黑暗的河

到了白天，熟知的世界

失去了颜色

我对它放松了控制

我想这是我所知的

悲伤的一部分

那时暮色中

两只红尾鸲

在入冬前依偎一起

被偶然发现在我手边的

李树枝上

待在那里望着我

以一朵云作伴奏的变奏曲

"因为我再也不希望

走过这条路"，我唱着这些

音符，此刻在寂静中

各得其时

在一个临近春末的早晨

在看不见听不到的星星中间我歌唱

此时此刻每个呼吸中都怀着

属于此地的希望：

愿这些音符在另一个早晨

在另一生中

在另一个春天能一起被听到

"因为我再也不希望

走过这条路"

在一个暮春的早晨

在山谷之上的冷雨中我歌唱

在我年轻时曾来过的一座老屋中

在俯视那条河的山岭上

一座老屋，弃置于它自身的沉默中

已经半个世纪

成了蝙蝠和燕子的家，斑驳阳光

在地板上游走

在屋顶的孔洞下方，那天

我第一次看到它

认出它而不熟悉它

在同一条河上

　　"因为我再也不希望见到"

这个春日早晨，光的云朵

唤醒从老屋下坡处树林间的乌鸫

这屋子我从前来过

那时我还年轻，而那种寂静

属于一个夏日——

我透过这些窗户

看到的第一个夏日

我到来，看见

梅树在下面斜坡上盛开

雪在厨房外飞旋

如今我不会看到那个早晨再次
照亮核桃树下方
那片绿色田野那些沉默的古人
我向它伸出手，说着
它永远听不到的话

　　"因为我再也不希望找到
我的路"，我惊奇地回望
这些纯粹时刻
单一的运气和无法悔改的错误
带我来到此地
我如何找到了你，我们如何来到了这里
它已去了哪里
从来没有倒退过一步

　　"虽然我再也不希望知道"
那些我从一开始就知道的
一刻也不曾离开我
我一直在寻找那些一直属于我的
一直在搜寻它甚至当我
想到离开它的时候
我的爱总是

交织着离别

离别在时时刻刻

此时此刻

大江

李白，小舟已逝

它载了你一万里

顺流而下，一路上

长臂猿在两岸啼叫

此刻猿声已逝，它们

啼叫时的森林已逝，你已逝

你听到的每个声音已逝

此刻只有大江

径自流淌

丧失

丧失是我的兄弟
现在仍是
但我没有他的照片

他那没用过的名字
叫汉森
这个名字本来是
英年早逝的
我妈妈的父亲的名字

这个孩子已经被人
从她身边带走
她还不曾看到

给他洗澡，我猜测

他们又来告诉她

孩子长得好看极了

说他们从没看到过

那么漂亮的孩子

又告诉她说孩子已经死了

她支撑着自己：她相信

孩子必定是被送到了

某个她看不到

接触不到的地方

他从他空空的名字里掉落了

我整个一生中他都在我身边

但我无法告诉你关于他的

任何事情

莫里斯·格雷夫斯的《盲鸟》[1]

如今这是我们能彼此理解的唯一方式
这是我能倾听你的唯一方式
我们的脚缠绕在被称作世界的
白色毛线团里

这就是那些拿着令人眼花的别针的人
后来再也无法听到的方式
哈代告诉我，很早以前他曾看到你的一位祖先
那是我在这儿出生以前，还在黑暗中的时候

而后来我得知，那些拿着别针的人
变得听不到你的声音，当你一直对自己
歌唱，你清晰的声音一直
从你祖先的和弦与大合唱中升起

---

[1] 莫里斯·格雷夫斯（Morris Graves，1910—2001），美国现代画家；《盲鸟》是他最广为人知的作品。

如今当我细听，我听到你的声音中

有被遗忘的自由正飞跃岩石

一直飞呀飞，而岩石也在歌唱

在你下方无尽的寂静中——

世界在那里继续开始

地图制作者

维米尔的地理学家继续从窗子里[1]

向外看着他独自看见的

世界，而房间里，在他周围

那片光亮不曾移动，不像那几个世纪

旋转，在寂静中，在云朵后面

在树叶、季节和人群之外

他从窗子里还没有看到这些

他看到的世界就在那儿，正如我们看到他

正从窗子里向外看着那片光亮

---

[1] 维米尔（Jan Vermeer van Delft, 1632—1675），荷兰画家，名作有《戴珍珠耳环的少女》《花边女工》等。此诗是对其画作《地理学家》的描绘和想象。

早餐杯

这里又一次成了瓷器的世界

遥远但熟悉，像早晨

一片不知道自己包含了什么的土地

一种从未讲过的语言

和忘记了声音的洁白天空

一个静止的地方，有人从桥上

盯着外面，而桥下没有水流

在他后面，有人单肩扛着

一只袋子，和他的头发同样的蓝色

那人像往常一样半路停下

他的余生也将像现在这样半路停下

还有人从一间空屋里向外凝望

一个不认识我们或忘记了我们的

恒定而令人安慰的世界

凌晨

"记忆"在这里的黑暗中行走

没有照片显示她什么样子

即将到来的日子从没有人见过

星星已经进入了另一重生命

梦还没说声再见就已离开

昆虫醒来，湿着脚，正向上飞

正试图随身带走夜晚

只有"记忆"和我一起醒着

知道这也许是唯一的时间

笑着的孩子

当她从厨房的窗户俯瞰

屋后院子和褐色的柳条

婴儿车，她把三个月大的我

塞在里面，在我出生后第一个

一月的新鲜空气里[1]，婴儿车

在晃动，她说，接着晃动

她看到我正躺在那儿笑——

后来给我讲起这些，正是

这个情景让她对生活恢复了信心

在我出生前，她失去了

她爱着的所有人，这时她才

开始相信她也许有能力

把我养下来，当我冬天躺在那儿

笑着，她正考虑的是这些

---

[1] 默温生于 1927 年 9 月 30 日，到第二年 1 月都是"三个月大"。

后来当她告诉我说，我一直是个
快乐的孩子，她必定是怀着这个想法
度过了所有阴霾笼罩的日子，如今
走出我自己生活的梦想岬角
我又醒来，变回那个笑着的孩子

另一幢房子

我又回到了那幢老房子

我大半生都以为自己熟悉它

这幢从废弃和毁坏中收回的房子

当我有时在这儿，有时在离这儿很远的

某个地方，我都曾把它称作"我的家"

这次我不是来收回任何东西

而是什么也不动，什么也不碰

仿佛我是鬼魂，或是梦中到了这里

我知道这是一个没有年代的梦

在这梦里，同一条河仍在这里

房子仍是这幢老房子，早晨我在这里

在阳光里，同一只鸟正在歌唱

旧时代的书法

它是一种衰落艺术的潮标

在另一个时代有意义的代码

它的消息通过流水向上漂浮

而流水来自无名之地的水源

那些字母已经彼此忘记

它们带着消息只来过一次

它们一直在某个门口等待

而不知道它们在等什么

然后继续沉默的旅程

风景不停地从它们旁边经过

当它们停下，风景就带上它们

那些字母已经成了废弃的建筑

建筑的门从未打开也从未关闭

分毫未变，一如缺席中长久热爱的地方

我们怎么称呼它

它从来不是我们以为它将成为的样子

它在这里时从没有人希望得到它

云朵并没有希望在路上得到它

栖息的鸟也不是在等待它

它从来不准时从来不被衡量

但它也没有要信守的诺言

它回忆但只有一次

它告诉我们说它从未离开我们

但它如今在哪里过去在哪里将来在哪里

我们过去在哪里如今在哪里将来在哪里

每一次它都让我们惊讶

又在我们知道说什么之前已经消失

但谁能事先教我们怎么称呼它

有时它可能加入我们的笑声

让我们在悲伤中惊奇片刻

它可能被给予但从来不能被卖出

它单独属于我们每一个人
但它不是任何人的财产
虽然它是狂野的我们只担心失去它

影子问题

（给影子）

何以如此小的一个身体

投下一条如此长的影子

何以没有了身体

影子还能与我们待在一起

何以如此安静的一个生命

没有了爪子后还能向我们挥手致意

偶尔

正好是那个时刻之前我们

在它唯一的时间里一遍遍生活

然后向不在那里的人讲述

开端仍在笑声中回响

但回声每次都认不出来

也从没有回来再次开始

没有任何词语用它命名

它消失时不留下记忆

除了奔跑的山羊从变暗的山上

对着夜色咩咩叫的声音

它们奔跑时叫的是"等一等"

它们每一只叫的是"等一等"

白日的呼吸

昨夜我睡在海底，在汪洋中

一片深度不明的地方

早晨，是一段向上的长路

穿过一个寂静国家的黑暗街道

空荡荡的房屋里没有言语

直到我几乎抵达了一个

我从未见过的清晨的表面

那时一阵微风吹来，我开始

记起那些新生树叶的噪音

它们飘拂的声音在阳光触摸前

已经找到它们，已经召唤了它们

以其一劳永逸的权威

树叶一直在对它窃窃私语

此时大海已经消失

去路

在我认识的所有人离开很久之后

在夏天的树下独自走回

我记得那时提醒自己说

我能飞，甚至当我

飞起来时，俯瞰着那些树

一边心里牵挂着医生的女儿

如今她离去已久，但后来我飞到

河对岸，到了山林中

那位老妇人住在她的小屋里

她告诉我她一直在等我

她说她早已知道我会来

重要的是我们的会面本身

我不记得她还说了什么

不记得我怎么离开怎么飞走

在我心里我们的会面一直是这样

和新闻一起生活

日复一日我会习惯它吗

每次不多，当潮水不停到来

越来越快，波浪越来越高

彼此重叠，后面高过前面

这不是我所记得的世界

然后有一天，我打开那只

我记得仔细包裹好的箱子

一张我曾经非常熟悉的面孔

成了碎片，向上凝望着我

这种事不曾出现在头版

只在后面挨着房地产的版面上

每天都发生在某个人身上

如今那人碰巧是我

而我能做什么，谁能告诉我

然后就有了医生过来说的话

无尽的耐心从不嫌多

唯一的希望是成为白日的光亮

成熟的种子落下

夏末在家，在经过了漫长的

春季旅行及其回响的告别之后

在家，一年的种子开始落下

每个都独自每个都在自己的时刻

到来，盲目地希望触及大地

它的认可，即使在黑暗中

也立即知道它已触及的地方

它归属和来到并停留的地方

正是在这个地方我想听见

想倾听天光和黑暗

在随我一同到来的这个时刻

致睡眠中的词语

你们已经在这里和小狗们一起

睡过了整个夏天吗

你们对醒来有信心吗

你们梦见你们在别的地方吗

你们记得你们想说的话吗

你们记得你们曾经听见的

那些声音吗

你们知道你们是谁吗

你们还说从前的话吗

你们比你们能说的更老吗

你们啊从未讲过整个故事

只有那些涌上心头的

秋分

有一次我几乎准备好要出生

在我开始记忆之前

我的手掌还没有展开

在一棵黑暗一团的树上

前面的树等着正在倾听的树

左手还没有告诉右手

这是我们的时间，我们的季节是此刻

这仅有的时间，而你必须醒来

开始铭记，并认识你自己

你会渐渐想起，但遗忘

继续自行其是，而你将努力讲述

那些不能被讲述的，而你将只有

旧词语，并将尝试第一次

使用它们，但开端

已经从词语中消失，而此刻没有办法

再把它给它们带回来

右手会学习但左手是预言家

痛苦那时正在等待，拿着她的一把钥匙

在第一束日光出现之前很久

黑板

这问题本身还没有变化

只除了记忆的深度

它透过记忆而起，如今在一个迟来的

童年之梦里，我父亲是一块黑板

我刚刚擦过它，此刻正背对它

站着，拿着那块破旧的灰色

毛毡黑板擦，我们随后会把它带到

校园里，让它和今天使用的

其他黑板擦轻轻碰撞

轻碰时白色粉尘像雾一样腾起

稀薄的痕迹会在我们头顶上

漂浮片刻，然后消失

再没有什么从旧黑板擦上扬起

几乎是干净的，那么我父亲怎么会

出现在黑板上呢？也许

是因为他喜欢称之为

不作为的那些罪，这听起来让人印象深刻

他认为会给听众留下深刻印象

而今它们在哪里，不作为的罪

粉尘、校园还有那个梦在哪里

如今我甚至正在忘记它们

忏悔录

哦是的

有一盏石灯

我第一次看到它时就渴望得到

它并非处于生命的初期

而是很古老，在黑暗和寂静中

等待着，在一个满是灰尘的房间里

一张堆满被忘记的遗物的圆桌上

在从欧里亚克[1]出来的一条小路旁

时间太久，我现在已经记不清

一盏石灯，高如凳子

面向四季中的每一季

没有点燃，等着我

那一次带回家

它知道整条没有照亮的路

---

[1] 欧里亚克（Aurillac），法国西南部城市，康塔尔省的省会。

而我看不清

这之后我一直渴望得到它

在今年九月底

十月之夜

闪亮山谷的遥远的另一边

一只狗像布谷鸟对着奇异的光线吠叫

当我穿过未开灯的房间悄悄出去看夜色

我的爱人宝拉也纹丝不动

我能看见的星星和我永远看不见的星星

将永远不会回到

它们此刻所处的位置

我们可以淋一点雨，但天空

看不到一丝云彩

微风几乎吹不到我们

我们认为属于十月的满月

在高大棕榈树的叶片之上闪耀

我们同在此地而不知道

它正以超越思考的速度飞行

那只狗已停止了吠叫，夜晚一片寂静

鸿雁

总是为那些动物，我才最悲伤

为我看见过的动物，为那些

只是听到过的或梦见的

或在笼子里的、躺在路边的

为那些被遗忘的和被长久记得的

为那些遗失了再没有发现的

在人类中间，有些话语我们都知道

即使我们不说它们，虽然

我们说到它们时它们总是不充分

但它们总在那儿，如果我们想要它们

当有时涉及动物，只要它存在

总会有唯一的存在，然后是

唯一的缺席，在中国的所有被书写的伟大智慧里

没有言辞可以表达

动物在何处，它们何时遗失不见

了解这一切的祖先在哪里

没有它们，所有智慧的词语都只是些沙粒

在沙丘上抽动，那里的森林

曾用它们回响的古老语言低吟

而动物们知道它们在林间如何生活

只有在古老的诗中，它们才得以存活

长臂猿在峡谷中啼叫

古老的词语都在加深这伟大的缺席

这所有遗失之物的广阔无边

它仍在那里，当流放中的诗人

很久以前抬头仰望，听见

遥遥上空有鸿雁正飞往故乡

未被计数的年代

不可能在梦中事先进入位置

旧记忆一直生活在那里

他们依然年轻，一生都未受干扰

他们只记得痛苦时期的痛苦

当他们想象他们曾读到过的战斗

但其余的依然存在

虽然如今沉默，正如梦是沉默的

面孔已经一个接一个地消失

甚至那些一度看似无法忘记的眼睛

也消失了，像一个清晨，像一次呼吸随日子逝去

像所有被人知晓的和已被遗忘的

而我自己这个不可知的人

蜘蛛天文学的研究者

已经走了这么远，只用我的左手掌

作为指引我记忆的唯一星盘

黑暗中的钢琴师

音乐不在琴键上

它从不曾被看到

众多音符出发去寻找

彼此

细听它们的道路

它们移动时就成了音乐

它们一直都在

等待

树叶在夜空里摇动

当它在它们周围变化

雨水在舒缓的小调中到来

琴键在它们起舞的梦中对自己歌唱

它们做自己的音乐

它们又做一遍

只有此刻

我们曾以为我们会单单回忆起

我们那时前往的地方而忘记其他

但此刻我们记得的却是那次出行

记得的是那条陪伴我们的路

再没有别人，我们前往的

那个地方甚至当时也不在那里

它在那里早已被人忘记

然而我们记得我们渡过的那条河

它离我们远去之处的石桥和老树

还有我们头顶的那只小蓝鸲和它的

隐蔽的鸟巢，它正往巢穴带回

它找到的东西，我们从那儿去了哪里

我们那时看到的一切都没有名字

河水在我们身后继续流淌

牛铃

已是半生，自从有人把它

送给我，在它发出的鸣声

与那些牛以及更早的牛一起消失

多年之后，那些牛

跟随铃声走过那条旧巷，像孩子们回应

从不认识的祖先的名字

孩子们对他们一无所知

他们也许使用了前人的名字

只有那个名字残留，正如从牧羊人壁炉里拿出来的

这只牛铃，这是他的

富裕日子的残余，他曾经富得

拥有一头牛。他把它放在我手里

说你是这里的人，拿去拿去

它的声音会让你记住

他没有告诉我，它的声音里
没有问题也没有地方或承诺
只有一次发出一个音符的鸣声

凌晨饮茶

一片来自韩国无标签的绿色

第二次采摘的茶叶，来自夏季的山坡

滋味里有远方和难辨其名的老树上

树叶轻轻的沙沙声

当我在夜里大雨之后倾听

那味道是一片来自远方的寂静

就在此刻当我啜饮

试着使它持续，我知道

片刻后我会忘记它

公鸡打鸣随时都可能从黑暗山谷对面传来

那时这味道就会丧失

水之音乐

一周中返回的日子，白色的

独木舟又出现了，在我下面不远处

让我浮在夜晚的天空中

在一个故事中的碧蓝水面上

在那个故事里，我也是叙述的一部分

湖是它的一部分，就在我触手可及的地方

在这不属于我

但在这个季节的部分时间里借给我的独木舟中

这季节永远不够长，傍晚的光亮

不是我的，永远不够长

溪水从我的指尖溜走

我听，只听到它在流走

我细听它的诺言，那是它

从我身边流走的声音许下的

此刻在我可以够到的地方，在我借来的

白色独木舟旁，小舟正载着我

浮在夜空之上，伴着
那个永远不够长的故事
和用流水之声许下的诺言

同一条河

词语从未讲述有关它的一丝一毫

在它来了又去的前前后后

它不需要爱也不需要了解

它是完整的但从未完结

它承载无重量的"当下"之船

我在小时候见过它一次

我父亲在他小时候也见过

他坐在一只空空的手划船里挨着它

船在驶向岸边的半途停下，泊在那里

我父亲背对河坐着

抓着长船桨的干燥手柄

思索着他想去

他一无所知也无从想象的某地

而这条河在他身后继续流淌

携带着流逝的白日

而他自己的父亲在孩提时

已见过这条河，安装了桨轮

和高大烟囱的船沿河而上

抛锚在近海的深水区

那只手划船外出去接从匹兹堡来的旅客

和他们的行李、信件

这是铁路出现之前的事

调查员带着他们的仪器

在树下测量，他一直熟悉的

那些树。然后驳船装载着

枕木到来，住在那里的人

把枕木卸到骡车上，沿着

小路右边拖到铺设铁轨的地方

而在匹兹堡和伊利湖之间的铁路

正被铺设起来。但对于我的祖父来说

总是那条河把他带往远方

又把他带回远处河岸上的

那块大石头边，一人高的石头上

白漆字母写着"赖默"

那是我父亲住的地方，直到

他母亲带了她后来几个孩子

搬到下游镇上。白漆字母

还在那里，当有一年夏天

父亲带我去看那个村子的时候

我站在旧房子和那条河之间

从几处房子边只看见上游

闪亮的河水溢满

一座大坝，一个老人在路边骄傲地说

那是计划修建的许多大坝中的第一座

静水

山顶上空的云是它的祖先

细雨在隐秘峭壁间的溪流中积聚

每条脉管都在寻找流向自己家族的路

汇入它们并积聚速度寻找自己的嗓音

随身带走片片星光月光日光

向下穿过荒野的远方

穿过飞翔和遗忘之梦

归属又分离之梦

此刻它终于躺在那里偎依着青草地

轻轻捧着空阔天空的寂静

这就是它一直流向的此刻

这就是它永远看不见的面容

没有暮色

此刻看起来多么突然：白天
结束，在这岛上我已经活过了
我生命中这些迟暮的幸福年月
宝拉一直和我在一起
当白天结束，没有暮色
白天的树荫瞬间消失
刚才它在这里，和所有之前消失的
以同样的方式消失在同一个夜里
在那里时间意味着一切都不可见
光亮离去后，我抬头看
听见一粒果实在黑暗中某处落下

"遗忘"之声

整夜，当雨落下

黑暗的山谷在寂静中听见了它

寂静的山谷不记得

你正睡在我身边

当雨在我们四周落下

我细听你呼吸

我想记住

你的呼吸声

但我们躺在那儿，遗忘

时而睡着时而醒着

我们逐次忘记呼吸

当雨继续在我们四周落下

共渡

这些日子我能看到我们抓紧彼此

当我们被激流冲过

我紧抓着你，不让你

被水冲走，你紧抓着我

不让水把我从你身边冲走

我们看见海岸模糊地从身边流逝，当我们

在激流中抓紧彼此

日光在我们上方无声奔流

在日光里我们将被冲走多远

在夜里我们将偎依一起多久

而它又将把我们一起带到何处

夏天的十四行诗 [1]

夏天已经抵达那些伸向高处迎接它的树木

它已经在白天无声地到来

它到来时树木还在睡眠中昏暗着

它们梦见夏天，醒来时知道夏天已经来了

但我是秋天的孩子，我在这里

度过第一个夏季时还没有出生

我听到树叶在枝头低语

蝉在歌唱中生长

我倾听夏天的所有语言

时间用这语言与自己交谈

我在秋天出生，熟悉夏天的声音

---

[1] 这首诗标题是《夏天的十四行诗》（"One Sonnet of Summer"），但实际是十一行。

并非信徒

仍然不相信年龄，我醒来

发现我老得连自己也无法理解

带着只有我记得的

我一生大多数时间的片段

某些旧色彩仍在那里

但不是他们正在说话的声音或内容

怎能衰老，就在此刻

天空自以为理所当然

我就在那里，没有开端

同时

日复一日这夏天的雨

让他们无法竖起

我们的墓碑

让我们一起待在家里我的爱人

而不去了解这些

正如雨不知道它来自哪儿

围绕我们四周的

海洋

不知道它的起点

早晨，独自在家的老人

有些问题，我已经不再提起
另一些，我很久不曾再问
我返回它们又迅速离开，发现
我正微笑着，而问题
一直是我，问题
根本不是问题，只是在同一时间意味着
不同的事物
是的我现在老了，我是孩子
我记得什么被称为旧日子，没有人
会问它们如何变成了旧日子
而如果我问自己，并没有答案
所以这就是老去，是我所成为的
那答案是以后当我年老时
会想起的某物，但这个早晨

并不老，我就是这早晨

秋叶在其中没有疑问

当微风吹过它们而去

十二月的早晨

我如何遇上了这迟来的幸福

当我此刻在剩余的日子里醒来

我生命中和宝拉在一起的又一个早晨

像第一个早晨一样让我惊讶

我知道谈论幸福是一种鲁莽

因为我离命运女神近得能听到她们的声音

但今天早上，甚至那些往日的悔恨

似乎已经失去了其中的怨气

而抱着羞涩的希望，像我还是个小孩的时候

春天第一株草出现在

铺路石之间。如今我看到

每一个台阶都在引我进入

白天到来之前到我意识到的

眼前这个早晨，我忘记了

我几乎是盲人，我看到我接下来

打算要读的成堆的书

在那里等待，像数尊

忠诚于旧日主人的狗的坐像

但幸福有空气制作的形状

它从不曾被任何人拥有

它在自己的时间里凭意愿到来

未被述说的

下坠的滋味是我们忽略

却从未忘记的

我们不知道有多少动物

与我们分享它，有什么生灵

每一瞬间因它而消逝

从未有一个字说到它

它们逝去它们逝去但我们继续

呼吸它呼吸它但从未

了解它从未说到它

这特别的一刻它已经来了又去了

从来不曾有一个名字

我们如何能命名它，既然我们活着

为什么我们渴望命名，既然我们活着

除了我们所说的那些空无之物

在闪耀和大笑之间

有时我们甚至忘记了寂静

但寂静在每次呼吸时忘记我们

水上的声音

当我们渐渐进入另一段年纪

有精灵回到我们身边

我们认出它们，正像它们离开我们时那样

我们听不到它们的声音时仍记得它们

它们有一些来自鸟的身体

有一些来到时没人注意，像是遗忘

它们并不让人想起从前的生活

还有遥远的声音依然希望找到我们

礼物

当他们正要离开花园
一位天使向他们弯下身悄悄说

我要把这个送给你们
当你们正要离开花园

我不知道它是什么
或者有什么用
或者你们拿它做什么

你们将不能一直保存它
但你们也不能

一直保存任何东西
然而他们两人马上伸手去接

这礼物

当两人的手挨到一起

他们笑了

清晨之前的月亮

I

回家

只有一次，当时夏天
将近结束而我自己的
头发已白得像那白天的云
白了多少年难以计数
晚上我望着花园
宝拉还在天黑后
才开放的花周围除草
我抬头看向清澈的天空
望见了新月，而在那一刻
从我身后飞过一群
黑暗的鸟，然后又是一群
在寂静中飞行
长长的弧形翅膀几乎不动
这些鸻鸟正从海上回来
无疑是来自阿拉斯加

为了回家，它们失去一半体重

但此刻家就要到来

悄无声息地起身去迎接它们

前门外

雨下了一上午
长长的池塘里有一只癞蛤蟆歌唱
幸福像水一样古老

露光

如今在或多或少的喜悦日子里

当关于时间的消息是每天

时间都在减少而我对此一无所知

当我一早穿过花园散步

只有这日子和我在此，没有

以前或以后，那滴露珠向上望

没有编号，也没有当下

窃取清晨

清晨在云光中

听最后的雨声

雨在破晓时滴滴答答

从棕榈叶尖

滴入夏日

我凝望棕榈花在半空中

张开粉红的珊瑚

在褶皱的云绿色扇形间

当我早餐后小坐片刻

读上几页的时候

隐隐察觉到

我正从我本应在做的

别的什么事情中

窃取此刻

窃取之乐就成了那件事的一部分

摘花少年

突然间他已不再

年轻，当他在那个明亮的早晨

捧满花朵，花香

正从花朵溢出，仿佛它们

仍在枝上，今天早上

才在那儿迎着光亮盛开

在光亮中的某处有一只鸫鸟

继续唱着完美的歌曲

加入这繁花的日子

当他站在那儿捧着花朵

清凉的露水从花朵流到

他手上，在它们生命的这个时辰

这是那个少年的手吗

他今天早晨才发现它们

绣眼鸟

一片细长的棕榈叶在第一束曦光里抖动

虽然看不见你但我知道你在那里

小小的你对称呼你的任何词语都陌生

但并不比我在我自己的词语中更陌生

此刻你没发出一声啼叫或应答

我听不到你的声音但知道你是谁

现在她来了像翅膀呼啸中的一道暗影

之前是许多暗影——她边飞边叫着

一个音符而你用这音符的另一面回答

长长的棕榈叶再次抖动而你已离去

带着你们之间的那个音符

它来自我记得但不熟悉的一种语言

来自灰色传说

阿拉克尼 [1] 在天亮之前织着灰色

在棕榈树叶无法遮挡的地方

在鸟之前在词语之前

在最初的故事之前

在噪音之前

在密涅瓦的眼睛以同样的灰色

被制作之前

阿拉克尼有她自己的美

可见的或不可见的

而且她年长

她已经成为她自己

---

[1] 阿拉克尼（Arachne），希腊神话中一位精于纺织的人间少女，向智慧与工艺女神雅典娜（密涅瓦）挑战，进行纺织比赛，后来被变成了蜘蛛。

然后是白天

密涅瓦将天光

织入天光

而且她知道那些丝线

在它们的故事里将去往何处

一些丝线

一些时间

而且她断言她一直都知道

阿拉克尼从未断言

阿拉克尼不必知道

她能够等待

即使她被忘记

她能够等到被忘记

密涅瓦一直看阿拉克尼编织

在天光里等着

而天光正从其中穿过

"编织"让密涅瓦想起了什么

她在那里看不到的事

她在那里无法想起的事

阿拉克尼正织着

即使在破裂处

也总是完美

有一种密涅瓦无法追随

无法模仿的完美

她自己的智慧嘲笑她

她愤怒

她又能做什么

对于能在天亮前织灰色的阿拉克尼

她开始了那个故事

关于她们之间的一场比赛

她赢了的比赛

织着天光

然后她又能对阿拉克尼

做什么来抹杀她

忘记她

就像她从不曾存在过

一整天在密涅瓦自己的头脑里

在她自己的织绣中在她自己的梦中

她想不出一个办法

摧毁阿拉克尼

一整夜她自己的鸟只回答

"谁"

那只鸟知道

她无法让阿拉克尼

变成阿拉克尼之外的别的什么

在白天之前的灰色里

密涅瓦的灰色眼睛无论转到哪里

她都看见阿拉克尼在编织

踏脚处

我曾在那儿把原木埋入山坡

做成沿山谷铺展的台阶

可我忘记了那是多少年前

如今木头已经完全腐烂

在蜿蜒的斜坡上慢慢消失

我不曾看到这些是怎么发生的

而树木的绿色云翳已经长成

在它们杂乱的阴影上方

但我仍把脚踏在那里还有台阶时

我踏脚的同一地方

甚至还没有想到它们

父亲母亲和一个又一个朋友

此刻想起他们，我想到了什么

踏脚在斜坡上

在寂静山谷中这个星期三的早晨

有几片白云和一阵东风

开端

似乎记住它就是被禁止的
我们每个人长大
对那个开端一无所知

但后来从那遗忘中传来了
反映着它们自己实情的名字
我们继续重复它们
直到它们也开始不再被记住
成了遗忘的一部分
后来一些故事到来，像那些日子本身
它们似乎没有尽头
而我们讲述我们能记起的部分

虽然我们总是忘记它们来自哪里
忘记它曾被禁止
以及是否一直被禁止

但我们有时从遗忘的痛苦中

认出真相，当它被告知给我们的时候

我们在遗忘的幸福中明白

我们醒来的那一天是我们自己的

赠礼

星期六早晨有信风

从东边刮了回来

赠送它们的云的样品

每种只有一朵

每一朵都在变化

即使只赠送一次

没有一句话

除了嘘的一声说，这一切

都正在秘密地发生

这不可重复的礼物

只在今天送给幸运者

一只日蛾

流连不去的秋日傍晚光亮

挥动长长的魔杖，穿过

树叶在小路上方搭成的拱门

明亮的光束在暗影里起舞

一只硕大的日蛾像灰色天鹅绒的

挥动的手，在其中展开，起舞

一瞬间斑斑光亮

下一瞬间是另一种黑暗

此刻正在小径

转弯处的暗影上冲浪

在这些年来我已熟知的小径

在这离别和返回之地

它们抵达的颜色

我不是只有看见

才会相信

当看到脚下的花瓣

我知道火焰树正在开花

它们一瓣瓣落下

各得其时各得其所

从它们等待之处

它们在天空中的出生地落下

躺到一片绿叶上

或小径的一块老石头上

眼下，每一瓣都单独地

蜷曲于各自的颜色

在花园里仰望

这些树没有名字
不管我们把它们叫作什么

当那些词被忘记
含义会在哪里

我会再次看到吗
你所在之处

你会坐在
弗兰的客厅里吗

那个梦还会回来吗
我会知道我在哪里吗

还会有鸟吗

高处的树叶

日落后，最高的

棕榈树的树冠

屹立，抵着

东边天空的清亮玻璃

它们没有影子

没有记忆

风已自行离去

万物皆备

花园笔记

在花园里一整天

以及夜里它把我弄醒时

在那个时刻我听见一个声音

有时轻过某物

下落

抵地

落稳的沙沙声，轻过

一粒幼年的种子

或一片巨大的棕榈叶——

它由在高处望着天空而度过的

白天和黑夜构成

由破晓、早晨的太阳

和整个天光

月亮和星星和云朵做成

由从它自身落下

流向它自己的树叶的雨水做成

在那声音中或寂静中

没有遗憾的痕迹

在坠落后

没有迟疑的声音

在半途中

没有询问也没有疑虑

成年

这些将是不够的——

唤回沿着那条路的静画

去坡上一瞥

早已消失的夜间牧场

看一看河上的光亮

而不是河

无声的房屋里

磨损的楼梯上的光束

而不是楼梯通往的地方

一只狗的眼睛

从我身边注视着

暗影中的一张脸

沉默如一张旧照片

我们的会面，我们的第一个夜晚

以及在家里一同醒来

又一次

我在那里

这些同样的手和这些眼睛一如从前

当它们好奇它正去往哪里

它曾经去了哪里

这些将是不够的——

这些将是足够的

每次一步

此刻一只眼睛是日光

一只不是

有一生时间

在它们飞扬

它们真正的颜色之前

但我出生的那一刻

必定已经知道这一点

天平的托盘

跟我一起摆动

总是两极

以及它们之间的

摇摆的季节

和那熟悉的、未被探索的

那座城市，那片乡村

在国外几乎是在家

而家不再像从前那样
待在那里

左脚右脚
在同一条路上
我自己的路
寻找和丧失之路
在我自己的时间里
正抵达一次
爱情，一个地方
日日夜夜
正如它们曾抵达我

但会意和雨水
梦和清晨
风和伤痛
爱情和燃烧

看来你必须让它们来
才能让它们去
你必须让它们去
才能让它们来

致回声之二

你必定是多么美丽
能够引领着我
走了这么远，只用
你远去的声音——
当时间过去仍然
时不时地听见
在寂静中记起
你啊我从不曾见过
噢永不可见者
我从不曾认错你
把你当作另一个声音
追随时从不曾犹豫
超出了戒律和谨慎
越过海洋和沙漠
你啊无与伦比者
水为你坠落

风将你寻觅
词语生来只是
倾听

在家里的暗影中

夜幕降临后一重重生活

在我曾爱过的房子里

此刻我在这家里看到它们

我走在暗影中

穿过敞开的门廊

从房间到房间

让电灯关着

像我一直喜欢的那样

不可置信地熟悉

来自其他时代其他年龄的

无声的回响

我当初怎么发现了

现在到这些房间的路

这些暗影

一个接一个

穿过所有响亮闪烁的日子

我当初怎么熟悉了

灯亮时

这些暗影的老掉牙的爱

永恒的回归

因为它不在这里，所以是永恒的

那些我们以为久已消失的星星

当云朵在清晨的大海上空消融

我想不起来刚刚在说什么

这是同一个没有童年的孩子

那出现在最后一句话中的整个句子

和我不知道的事物的清晨

带回了我记得的一切

甚至那些消失的和我知道它已消失

而且知道我再也不会凝望它的事物

再一次几乎完整地对我显现

在它自己的时间里，然后又消失

它在我睡眠时正守护着我

中午的微风

当我站在坟墓边时它来了
变成我们共有的
那个时刻，那独有的
气息，来自比仙女座更远的地方
来自时间之前的时间
它在这家中，我珍惜这里
飞逝的日子，而它翻动
面包树的枯叶
并让一片棕榈树叶
像箭矢一般落在我脚边
我抬头看绿色的
枝丛和缀着
血红种子的金串
它们每一个都抱着明天
当我细看时
微风已经远去

新歌

有时我以为有时间
总会有时间
留给我有心去做的事
和我能想象的
让我返回寻找的事
正像我初次发现它那样
但如今我却不知道
当初我想返回时是怎么想的

但如今没有时间，时间越来越少
夜间有雨声
悄无声息地来到树叶间
一度没有从前或以后
后来我听到鸫鸟
在破晓时分醒来，唱起了新歌

绿篱笆

我可怜的父亲
法国人经常这么说
意思是他已经死了
像大约四十年前
报纸所公告的那样

但我发现如今自己
把他称作可怜的
是为其他原因
我相信他整个一生
充满了恐惧

他曾是活下来的
最小的孩子，最后的希望
试图取悦
他阴郁而失望的母亲

然后说服别人对他抱有

一个又一个过高的

期望，而他知道

他无法达到

仿佛他借来的钱

超出他的收入

无论他的微笑

还是他爆发的怒气

都是错

而我母亲

有着孤儿的不自信

觉得自己是个陌生人

总想着做正确的事

和我们一起走到学校

免得我们在糟糕的街区

遇到麻烦

休息时间和我们一起

站在校园里，不让我

玩糟糕的游戏

而那是仅有的游戏

所以我在学校没有朋友

当然也从不允许我

在街上玩

如果有人叫我出去

加入他们

我父亲说你有一个大院子

你可以和他们在那儿玩

如果你先问过我

这样我会知道他们是谁

但他们没有一个愿意进来

我透过尖木桩篱笆看

那个夏天我和姐姐

帮忙把篱笆漆成了绿色

可我更喜欢之前起了泡的棕色表面

因为它让我想起有些事

有一天，萨尔瓦托

那个胖胖的意大利男孩

从没有参加过他们的游戏

他过来了，站在篱笆外面

在尖木桩之间看什么

他没什么要说的

我告诉他我去告诉

我父亲，他就可以进来

但他摇摇头，坐下

在人行道上，往里面看

在那儿待了一会儿

晚饭时我问父亲

关于萨尔瓦托进来的事

他想了想，说，也许

他是外国人

另一次，梅来了

她是他们说的有色人种

是我见到的第一个有色人种女孩

她不和任何人玩

她慢慢走过篱笆

看看里面又停下来

我问她是否

想进来

她什么也没说

抓着一根尖木桩

我好奇，很想知道

她的肤色是否能擦掉

我摸了摸她的手背

我们在那里站了一会儿

这些珍爱的朋友，你们

后来怎么样了

你们沿着那条街走着

消失不见

我曾经回来

到从前篱笆所在的地方

没有人记得那篱笆

只有麻雀

我到来时
只有麻雀
在那里

早晨的麻雀
记不起
晚上的麻雀

对其他日子的
任何麻雀
一无所知

其他鸟只活在图片里
但我守望它们
倾听它们

我早早地听

从豁口杯中

每呷一口就听着

我为一只麻雀

看守仅有的一棵树

那棵树和我等待着

不是还有晚课吗我问

它们还有

它们自己的麻雀吗

麻雀正在唱的

歌曲

还能在什么地方听见吗

那扇门从未忘记

它古老的渴望

是成为一只鸟

我听到的仅有的麻雀

据说是

其他人曾带来的那些

麻雀说一件事
但只对它们自己说
互相说

它们一遍遍地说
这里这里
是的这里

取消

我上的第一所学校

一年后拆掉了

但如今我还熟悉

去那儿的路

沿大路走，再到对面

我随身带着

像那里的寒冷墙壁的阴影一般

没有重量的故事

像皱褶的管道

为了看起来真实而涂了粗灰泥

他们沉默的面孔

目光越过我

那时我比其他人都矮

年纪太小没法参加他们的游戏

我站在那儿观看

直到休息结束的铃声响起

雷鸣一般

在铁制楼梯上回响

这幢建筑用一位总统命名

他的脸印在一张黑色邮票上

呈现出外面石头的那种颜色

因为他死在办公室里

第二年我们被领到

一所红砖房的新学校

它以那位发明灯泡的人命名

遗物

在知道表示它的词语之前

我喜欢那废弃之物

掉落在柜脚边

遗失在街头

弃置在外面的雨水里

在它湿漉漉的故事里

来自另一个时代

在一种遗失的语言里

像袜子上的破洞

我喜欢铁锈及其方向盘

在半空中，下面是被禁止进入的

底盘和隧道口

灰尘的眼睛

没有地板及其踏板

这些我永远都不会碰

因为所有这些都

是危险的

要触摸它

永远不会成功

虽然我能断定没有人

真的相信这事

当它立在那儿在车库后面

车库向我们浮过来

像来自马匹年代的方舟

而我站在角落里倾听

床头板

小时候

我睡那张旧床

另一个时代的一条船

有一块很高的床头板和一个名字

这是玛吉的床

有它自己的历史

但永远不会有人告诉我

我上学以前

地板上有一个铃铛

就在床边

我在夜里不舒服时可以用它

而且我知道做什么会被惩罚

即使不知道为什么

但有天晚上月亮弄醒了我

从街对面的天空中

然后我下了床

望着月亮

倚着床头板站着

我的头靠在

床头板和寒冷的墙壁之间

还有墙上陈旧壁纸的味儿

那时玛吉的床头板

控制了我把我钉在了墙上

不愿放我走开

我不想呼叫

我继续看着月亮

一个人

听着寂静的夜

听见远处有一辆电车

一只蟋蟀在某处黑暗中

我看着月光

直到玛吉的床头板放开我

我爬回床上

进入那个未知的故事

一直把那个声音带在身边

渡轮

如今它们已经有一段时间没有出航

没有离开港口，那里正在下雪

雪一直缓缓飘落，仿佛

在寂静中沿着玻璃滑下来

许多年里一直在不断地飘落

所以现在我无法读出一前一后两个舵手室

前面的顶层甲板上

那些黑色名字的所有字母

只有里面的舵轮仍然可见

"维哈肯"，"勃根"，"扬克斯"，透过雪

几个字母仍然依稀可辨

其余的都被白色淹没

被咒符束缚，挨挤在一起

填充史丹顿岛上整个小海湾

茫茫白色让层层窗户失去作用

它们中哪一个带我
离开我出生的医院
渡过了河
如果我是坐小船去渡轮的，谁看着它开进来
看到斜坡下降，而我第一次听到了
它的链条随着绞盘转动而发出的清脆声音
后来的日子里，我们会在船上或岸边走动
我们下面的活动舱位是一位老朋友
乐意把我们送到我们要去的地方
或是一次次带我们回家
它也许会把我们甩到水里
在真正的河上，置身于海鸥的鸣叫之中

那些船，哪一艘会再次送我回家
当时间到了，那个日子上门
它摇着铃铛，吹响哨子
码头上涂油脂的黑桩
倒在一边，显出翻腾的水波
正像我们走出它们沉重的怀抱

我那时以为渡轮正在练习

它们一直都知道如何去做的事

我相信它们知道自己要去哪里

夏日的河

此刻这条大河在它自己的时间里

流淌，携带着明亮的阳光

但它看起来平静如另一面天空

小船呼啸而去后留下的白烟

在无声中等待而下午渡轮的窗户

闪耀光芒，沿着

整条铁路，火车保持静止，当呼吸

被催眠，来到成串的驳船上

一日游的观光轮船熠熠闪烁

但不移动，在这城市熠熠闪烁的

沉寂面前，它像时钟指针一般

反复经过，一艘班轮抵达

它前方的拖船像黑鸢

无风时一声不响地牵引

整个抵达过程，它仍旧

在那边，在这条不变的河里

虽然我的窗子早已不见

而身后房间里的声音

正聚拢回家，聚拢向

港口上方悬崖边的整座教堂

和沉睡在岸边泊位上的

所有的船

阿勒格尼山 [1]

在远离铁轨的一侧，整天

人们在高架公路的匝道上上下下

公路通向那座跨铁路的桥梁

那些闪亮的铁轨日日夜夜

对自己嗡嗡地说着些什么

关于另一个世界以及通向那里的道路

而在高架公路外面，裸露的屋顶凝视

而不思索，它们后面远处

一个巨大标志遮住了黑暗的山岭

还有一幅关于太阳的讽刺漫画

和某些被人出售的东西，而真正的太阳

在山后滑落，不发一言

并隐藏在成片的屋顶后面

那条河从祖先的沉寂中流出来

---

[1] 阿勒格尼山脉，构成阿巴拉契亚山脉西部的一系列山脉，由宾夕法尼亚州西部延伸至弗吉尼亚州西南部。

那时我祖母就那样坐着望着

外面的河，她抬起眼睛说

向山举目，我的帮助从何而来？[1]

哦那曾经是一个美丽的地方

森林延伸到岸边，鸟儿待在水面

我第一次看到时它那么美丽

而我此刻看着它，再没有别人

仍能看见我看见的幻影

---

[1] 出自《旧约·诗篇》："我要向山举目，我的帮助从何而来？"

魏德努恩[1]

在那片绿色山丘上，河在远处

很久以前我父亲在那里

我祖母站在春草里，穿着

褪色的衣服，起皱的高筒黑靴

在白色的木制小教堂旁

他们矮篱笆内的几处墓碑间

在空空房间的另一侧

教堂透亮的窗格

呈露着风景

是那边树林的景致

祖母几乎没有转过头

凝望着，像一片云望着空气

没有看绿色的玻璃墓碑——

那上面写着一个男人的名字

---

[1] 魏德努恩（Widnoon），宾夕法尼亚州阿姆斯特朗县麦迪逊镇的一个
社区。

她曾嫁给这个男人，他是

我父亲的父亲，她仍然一言不发

她的目光在树林之上漫游

从我们站的地方看，树林遮住了河

她曾和他一起站在这个地方

那时他们都年轻，钟一直鸣响不停

余晖

余晖余晖

那是很久以前了

我第一次听到它的名字

我们曾经歌唱它

所以我问它是什么意思

而他们缓缓地摇头

眼里闪着某种消失的东西

但那时我即使看到这些

也不知道怎么表达它

消逝的盛夏

和蓬勃生长的大树下面

那段时间的光亮

在那里流连的寂静白天

在太阳消失后

在强光和声音之后

一段等待的时间

期盼着倾听

在遥远的海岸

天一亮就将扬帆远航 [1]

离开我熟悉的

如今在我看来

十分古老的世界

那是个炎热的夏夜

一个嘈杂的城市

几个小时都在一个朋友的

两居室小公寓里

在大街上方

窗户大开

我身后有三个年轻女人

挤在一起沉睡

---

[1] 默温在《自传》里提到他二十一岁那年夏天与当时的妻子多萝西一起，从纽约乘船去欧洲，出发前一晚，二人与妻妹和她的一位女友住在曼哈顿中城区一个极小的公寓间里。（ W.S. Merwin, *Summer Doorways, a Memoir*, Shoemaker & Hoard, 2005 ）

当时我正站在窗前

然后转过身来

借着街上的灯光

看到一只美丽的

一个朋友的朋友的裸露乳房

正轻柔地起伏

好像我不在那里一样

我已经不在那里

晨曲

我在雾中攀爬，来到一面护坡墙边

看到它的上方，一小块田里蚕豆在开花

它们洁白的香气在清晨最初的光亮里

流动，沿山再往上一些

我刚穿过橄榄树林

在繁花盛开的杏树枝条下面走过

那个烧木炭工人的旧屋旁

豆花的香味忽然向我扑来

当我再走一步，我听到

挽具嘎吱嘎吱响，骡子的铁掌

在犁沟里撞到石块，然后是低低的声音

是那个男子正轻声称赞他的骡子

他身着白衬衫，在云中

沿着田垄，在他自己的话语间穿行

他正低声唱着几句旋律

同时那首歌似乎正自己

对他的骡子唱着，当我倾听

凝神于它们的气息但一个字也没听懂

坎帕拉特

我发现它的时候
已经多年不见通往那里的道路

在仍被他们称为老葡萄园的
狭窄侧谷中最后的房屋上方

然后越过台地的护坡墙
穿过古老的橄榄树和杏树

沿着高耸悬崖的脚下
直到有一块台地向外敞开

俯瞰山丘以及下方远处的
村庄和村庄下方的大海

在台地朝向大山的一侧

有残留的墙——

很久以前这里有一幢房屋
它透过这光亮看见世界

屋檐上弧面的红瓷砖
整整三层，显得非同寻常

下侧还漆成了白色
上面是来自远古的黑色图案

入口的石拱门依旧挺立
而宽石头做的地板

十分光滑——可以透过碎石看到地板
像透过云朵看到的晴空

在房子前面的台地上
一圈围墙高及腰部完整无缺

自从屋顶塌陷
墙下的旧水池一直空空

下面的客厅放弃了回声
但在台地不远处一个活着的

后代继续伸出长长的胳臂
一棵老掉牙的石榴树

粗糙扭曲，黑暗的树皮破碎
树皮里面的圆环握着久远的故事

汁液仍在攀升，维持着
另一生，当我坐在那堵墙边

我还年轻，我听到远处羊群的铃铛声响
穿过杏树林的一阵微风，一个发出回声的

声音，一个女孩在某处唱歌
我想这或许已经足够

静物

即使我要返回，也不会是在

我们那天傍晚沿着旧墙间一条窄巷

走到的地方，在奥尔良以南不远

卢瓦尔河边那个聚居的村庄，正当太阳西沉

巷子一直向下通到那条小河边上

河水看起来几乎不动，在近岸

和对岸树木纷乱的屏障之间

那是柯罗[1]会认出的一个场景

有一个小孩在水边

正喂食那些游到他身边的鸭子

在一个胖男子的注视下

他站在小孩后面几步远，正思索着

钱和某处的一个女人和晚餐

而光滑无缝的河水在倒影下悄悄流逝

---

[1] 柯罗（Camille Corot，1796—1875），法国画家。

被遗忘的泉水

水珠一年又一年滴落

从东边悬崖长了绿苔的缝隙间

穿过我的缺席，穿过整个冬天

穿过正午之后的阴影

当阴影渐渐加深，变成夜幕

清澈的水滴穿过石头而来

自身没有颜色，当它们

一滴滴出现在这五彩缤纷的

世界的门槛上

每一滴都停顿片刻

然后开始它们通往自我的

向下之路，正如自从悬崖

由海底升起以来，它们

一直这样，然后蜜蜂发现了它们

獾和狐狸和鸟儿发现了它们

直到有一天从村庄里

传来了清理山坡的声音

歌唱伴随着工具起起落落

将坚硬的黄土改造为种植

葡萄和桃树的土地，而我曾经

站在清澈的源头，倾听

它们最后的齐声歌唱

应和鹤嘴锄拍打的节奏。我

想起爱德华和那个村庄

那时村庄还在，他还年轻

他和其他人一起去

参军，当他们用

其他地方的语言说起它，我想起前往

凡尔登之前的最后那些日子

是什么样子，一言不发

在一个没有颜色的时刻

脱粒时间

虽然它已完全进入宫殿

那些无声的门已随之关闭

整个宫殿和那天在那儿的每个人

像一片云一样消失

他们那时正在菜园的旧墙外

站成一圈，菜园后面的

空房子里曾有一个老妇人

在所有人认识她之前就住在那里

那个夏末的日子他们都站在那里

那时我从高地上走下来

进入村子，经过拐角处

我听到他们的声音，永恒的回声

他们的手臂依次举起挥动着连枷

在古铜色的光亮里，在他们身后

我所熟悉的一双双手

在房子尽头对着微风举起簸箕

那时甚至有声音在寂静中漂浮

他们的手及时举起，经过他们自己的距离

最后一次用从前的方式脱粒

那些噪音之后

青春从我从前年轻的地方一去不返

甚至我曾在这里听到的那种语言也是如此

它的那些韵律，曾不停回响

一段被遗忘的青春和那起初的

伟大歌唱，而今也陷入沉寂

还有那些噪音——那曾是它们的灵魂

而它们的缺席不如每年春天

没有返回的鸟儿那样被人注意

最后完全没有任何语言

描述那些逝去的东西，但总是这样

我无法断定我在怀念什么

我只是那个怀念它的人

漫长的午后光亮

那些写在睡眠里的山丘小路

多么久远，我相信你们已遗失

当我看到青铜在光线中变深

羞涩的苔藓转向自身

在獾的小径上方保持闪亮

而一只乌鸦无声无息地展翼向西

但我们不假思索地相信

我们看到它一次就会经常看到它

我们所知道的只是

我们自身的一刻也将

一直是我们的，我们相信这一点

即使那个瞬间流逝，无法触及

而伸长的阴影在山谷中渐渐消融

那里有一个窗口亮了灯，像第一颗星

我们再次看到的东西将秘密地来到我们身边

甚至不知道我们在这里

老面包房

又一个星期过去，他们来了

他们挥动的手臂捧满了黑莓

他们自己生活中的干果，急促地说着

最后几个锐利的音节，当胳臂

把它们塞入烤箱门的黑色日出

那门通往他们自己词语的声音

那些词是一种古老语言的树叶

他们将是最后说这语言的人

他们把柴枝在砖拱里点燃

那时鼓起的面包已烤好，将被传递

到位，一个接一个排在长板上

每个都浑圆得像一个拥抱

像一整个星期或那天早晨的天空

在黑暗中奔跑

一个噩梦像灯笼在我前方

某个地方，投下一束磁石般的光

我正穿过黑暗的牧场向它奔去

而我在白天从不可能这样

我一直感觉到那召唤的气息

我以为在一个崩溃的年代里它已被抛弃

我幸运地跑过了杂乱的荆棘丛

到最后一刻我终于明白

那召唤我跑出去的到底是什么

在牧场墙外的铁轨上

被咬伤的羊群挣扎着损伤的身体

咩咩呻吟着在黑暗中奄奄一息

远离它们原本应该死去的地方

清晨的铃声

乌鸫在黑暗中到来

在寒冷六月最早的光亮

到来前的阴影中

薄雨洒落，每一阵只是稀稀几滴

像朋友间不需要说话

它降落在核桃树的

幼叶间

像日出后，睡眠中的

小小手指般的叶子

那只钟不知道为什么正在鸣响

它想叫醒那位

早已在黑暗中落入沉寂的年迈教师

核桃树挽歌

记得你年轻时模样的老朋友

如今没有一个活着

我初次见到你是在盛夏

我大半生之前的白昼强光里

枯草正在你的树荫下窃窃私语

而你已经活过了战争

和围绕着你的沉寂的战争回响

活过了离别的日子和缺席的季节

年岁自行其道而房屋空空

最终成了蝙蝠和燕子的家

你再次张开了蜷曲着沉睡的

新生树叶的手指，仿佛什么都没发生

你和季节说着同一种语言

所有这些年我一直透过你的枝叶

看下面的河水和屋顶和夜晚

你就是我看世界的方式

清音

寒冷的春日清晨正回忆起

更少的几只鸟，但此刻它们的歌声鸣啭

透过薄雾和还不曾

见过别处的新叶

歌声从它们自身升起，熟悉这一切

没有从前和以后的消息

歌手也遍寻不见

花园音乐

在苗圃的房子里

那只挖叉和那只锹

并排挂在钉子上

弹出些许我记得的音符

回响多年

当微风跟我一起从外面

夏日的光亮里进来时

如今它们对这些音符

如此熟悉，似乎音乐

仍在阴影里

在我半生前

为它们做的房顶下

自动延续

此刻我看到花园

自身远远地

映在明亮的铁锹上

像一个我从未到过的地方

而音乐继续

回响着岁月

草中时间

最初的干草躺在几块田里

赤裸于它崭新的清香中，颜色渐淡

不曾有人停下来看这中午的光

给树荫的细微增长打上斑斑点点

在尚未受到影响的草地旁边

那儿的春草在它们生命的微微发亮的白昼里

继续轻柔起伏

田鼠身着天鹅绒暗影

在高高世界的细语里

慢慢穿过春草脚下，而蟋蟀清亮的

音符在四面鸣响，一直鸣响

要这世界只管保持原样

甚至当青草已经消失时，它们仍继续鸣响

仲夏之前

词语的幽灵
绕着那个空房间
我小时候在那里
白天有星星

它们没发出一点声音
没有提出一个问题
在它们的不可见的星系里
它们认识我
它们是我自己

那些墙壁
在它们年轻时曾被粉刷过
如今变成了
缺失的地图

我的狗离开了三年

更久

哦更久

在一个梦中吠叫

在我左手旁边

一如既往地警觉

正从那个梦里

把我唤醒

她在哪里

我在哪里

老李树

你在那里多久了
在我记起你之前
像鸟每年在那里

我看到你时
你已经老了

你的一根主枝已经不见
虬曲的树干是空心的
紧抱黑暗
某些年份还有鸟巢
在树枝之间

你一直没有长得很高
在贫瘠的砂石土地上
在这平缓野外的高处

常见的紫李

他们叫猪李子——

得名自圣安东尼的猪 [1]

他们这么说

当他们把你美味的奖赏

用来喂猪的时候

你怎么会介意

夏末我们饱尝了

你成熟的果子

上面仍有细细的绒毛

在七月的正午

和整个八月的白天

我们已经把李子烤成果饼

保存在罐子里

以后吃

九月

还从草地上捡起

每一个最后熟落的柔软李子

---

[1] 圣安东尼（251—356），又称"大圣安东尼"，罗马帝国时期埃及基督徒，隐修士的先驱，相传是猪的庇护者。

酿制被称为生命之水的

清亮的烈酒

我能向谁提起

你已经忘记的树叶

翅膀的拍动

和那里的鸟鸣

和你每个季节的粗糙树皮

还有你的枯枝

燃烧时的香气

如今再一次

你的花像细雪飘落

在新叶间些许

雨滴大小的绿色幼李

已经出现

噢沉默的从前

日光的年代

荨麻

哦让我醒来之处有荨麻生长

在春日清晨凉凉的初光里

一场夜雨后嫩叶明亮

一层绿辉透过枝叶闪耀

它们的根升入白昼的颜色

一种出自黑色大地的阳光色调

那是它们用根在地下世界制造的——

触摸着它们整个故事的黑暗

它们的叶由此向着这个清晨张开

寻找着一个它们熟知的世界和一个

它们继承的季节，让我醒来之处

一直有荨麻，来来去去

人们在谈话中把它们今年的收成

与同一地块往年的收成相比较

如果你轻轻碰到时它们会蜇手

但如果毫不犹豫地抓紧反倒不会

荨麻汤的最佳搭配是

新土豆，哦让世界的感觉

从荨麻春天的叶子上来找我

——它们是我的真正长辈——

那种感觉不是来自叫卖声，也不是正蔓延的

让泥土麻木的人行道疤痕组织

也不是来自蛊惑者的最新言辞

因为荨麻叶从来不听它们

既非这里也非那里

机场在偏僻处

它不会是在机场里的人

会注意的地方

然而过去某个不知姓名的人

用心地设计了它

而现在你又在那里

再次

为你做过的某件事

花时间

未知的时间

就像炼狱中的灵魂

你坐在那里

在被误作食物的气味里

呼吸着所谓的空气

当时钟计量着

它们的契约

当你在那里

你相信它

因为你就在那里

有时你甚至会因为

在通往某地的路上走这么远

感到快乐

官殿

一架飞机穿越秋天的晴空

不见不闻于遥远下方的广阔大地

沙漠、宽阔的山谷、挂着阴影的峡谷

看不见地平线、渐渐模糊

融入灰色远方的黯淡农田

大山以及从大山中流淌出来的黑暗

而乘客正在看书或沉睡

或盯着明亮的屏幕

一个声音，看不见面孔，突然提醒我们

接近首都时有雷暴

和终点延误

当我们开始下降时

我们开始倾侧转圈

我们下方的绿色

在漫长的下午阳光里变得更亮

乘客们一边抱怨

他们错过了约会

或是神情紧张地坐着，我们一边下降

穿过一只口袋云，然后是更多的云

在夕阳的金色余晖照亮的

海市蜃楼般的悬崖云旁边

罗伊·富勒[1]看到莎士比亚

在云朵中

布莱克的画作涂上了云光

奥克塔维奥·帕斯在他最后的日子里

当有人问他感觉如何时，他回答说

"如今很多时候

我在云中

但云中有美妙之物"

但他难以形容

我们继续盘旋下降穿过

灰色悬崖边突然出现的阴影

存在于来世中的冰山

---

[1] 罗伊·富勒（Roy Fuller，1912—1991），英国诗人，作家。

我们穿过它们，绕过它们

回到整个晚霞中

云没有名字

它们不回应任何人

它们从不迟到

谁看见了它们

记得它们

当我们下降，接连穿过它们

而云让我们通过

晚点

古老的世界

橙色日落

在夏季的深壳里

漫长的寂静正在抵达

穿过旱地牧场

因为一扇门关闭的声音

远处一只狗叫了起来

一转眼我更老了

拇指法则

当我的拇指碰触我的小指
一扇我忘记它在那儿的门打开了
一扇遗忘在空气中的空气之门

拇指熟悉我回来时穿过的那扇门
但拇指所知道的是在意识之前的东西

它不用它的听力导图来听
它听见手指演奏的和声

我不能再次穿过那扇门返回
拇指不再能把我带到任何地方
不能指出回家的路，因为拇指就在那儿

夏天

如今难以相信我们真的

在数年前那个时间回到了那个小镇

沿海的一平方英里，略多于

一个世纪的历史，我离开那里时

还是个孩子，如今似乎一切都没变

无论是安静街道上的门廊

还是摇椅上的面孔，街区尽头

木板走道散发的海的气息

或是自助餐厅传出的味道，它所在的房子

与这条人行道上其他房子一样

或是没有车辆时鹅卵石街道的寂静

或是从前那几家酒店的名称

或是那家巨大的隔板礼堂

我妈妈曾带我去那里

看歌剧《阿伊达》

而你和我曾走过那些街道，在我们

青春将尽时，沿着木板走道

走向从老旋转木马那里传来的音乐

选择

是家还是异乡

那个没有色彩的城市

我曾在那里住过一段时间

那段日子经常显得十分漫长

我想着自己别无选择

整夜听到被捕的狮子吼叫

如今我在

明亮的白天

正在下雨的时候回顾

那时一个朋友和我

谈起了一棵树

它的树枝由我们

放弃的种种选择构成

然后她选择了死去

那里从没有一棵这样的树

雨水的声音
更好，这明亮的飘落
更好，这白天
正选择成为早晨更好

最近的事物

在城市里鸟儿被遗忘

泯然众物，但有人会因此说

城市的建造材料就是缺失

是消失之物，这样它们才能待在那里

阿尔冈昆人[1]身后的翔食雀

奴隶和他们建造的建筑

树林，和离开时随身

带走歌曲的林鸫，还有树叶

带着它们说的语言，直到有人能在

城市连续不断的声音中说出它们

一个白色音符持续，来阻止记忆

哪怕是记下城市本身的样子，比如

昨天那个地方，或就在

光线改变之前在街道转角处的样子

---

[1] 阿尔冈昆人，居住在加拿大的一支印第安人。

也许是这样：城市的声音

是关于消失的当下音乐

自然而然地忘记它自己的歌

白上之白

在露台之上，几乎在

巴别塔的顶部，我的目光

正逡巡于扬帆的云朵间

它们再一次发现自己待在迁徙的鸟群中

如此自在，既有那些仍在

返回大地的鸟，也有那些已经离开

正躺在失落中的鸟，它们飞翔，知道

它们不可知的道路，我的两耳追随它们

像它们在能够倾听之前就一直

对声音所做的那样，它们乘着回声

进入一种更熟悉的音乐

熟悉得让我难以置信

它的激情正在涨起，依旧深幽

从溪流的铃铛发出上升的鸣响

我所热爱又失去的每一时刻

朝着我升起，要求被辨认

它的声音混在夜雨的奔流中

我在这整段时间一直在家，醒着

Ⅲ

在紫色峡谷之上

当夏天的梦几乎消失

我在一个可爱的秋天的梦里醒来

我一生至爱伴着我，还有一位年迈的女友

远处陡峭的山峰闪亮像黄铜

越过下方蜿蜒的紫色峡谷

我们走过之处，丰收的黑葡萄

从比我们还年迈的棚架上垂下

在悠长的阳光和时间的仁慈中

我已回到这里听山地歌曲

保存了这些山歌的几位老嗓子

在比他们能述说的更漫长的

黑暗和寂静中低声唱着

当最后的春雪仍在阳光下熠熠闪亮

他们粗糙的手指惯于修剪葡萄藤

此刻那些手指弹拨磨损的乐器的弦

模仿来自峡谷的回声

于是这回声在古歌中再次醒来

没有任何春天、夏天或冬天听过的歌

而是时间诞生之前的星星之歌

在衰老的噪音中回到它们自身

戴利先生

戴利先生能在牙齿间吹口哨

但只是一小段反反复复

是《从前夏日好时光》[1] 里的旋律

这让我妈妈嗤笑又摇头

当他在后面厨房里的旧煤炉边

推着大木勺在他正在搅拌的

那锅面糊里一圈又一圈

近旁的洗衣桶散发洗衣桶的味道

面糊散发面糊的味道

戴利先生也散发出戴利先生的味道

他五十多岁，穿一件气味难闻的衬衫

两肩之间肌肉隆起，那时

还是夏天，他会带着锅

从后面楼梯走到闷热的阁楼上

---

[1] 一首经典的英语童谣，又有同名音乐电影。

他已经一次次从南大街的

家具店和殡仪馆

不花一分钱扛了

许多床垫、纸盒到那上面

把它们钉在阁楼的木梁下

然后用教堂的小报首尾相连地

把它们裱糊起来挡风

因为冬天这屋子太冷

当他边工作边吹口哨时

一直为什么事情自己发笑，他们说

他不像他女儿伊莎贝尔那样让人喜欢

她在托马斯钢琴店工作

后来有一年冬天那里着了火

消防水龙带喷出的水结成了冰柱

火焰在房间里飞蹿，后来

钢琴堆得很高的顶楼房间

透过冰柱一起慢慢坍塌下来

钢琴一边发出和鸣

而我站在街对面的卫理公会

教堂石阶上观看这一幕

想起戴利先生在牙齿间

吹着口哨，在从前的夏日好时光

魏因里希的手 [1]

风把那棵杨树的整个枝条举起

带着它向上向外，并保持在那里

而每片叶子都是整棵树

从它在黑暗大地中的根向外伸展，透过

它全部的记忆年轮，向着它不曾

到过的地方伸展，他用手指握住

刚好在开端之前的那一刻

那是他所保持的

朝向合唱团的宁静，当大赞美诗的和弦

聚合，升起至其完美之境

他用手指握着

杨树的叶子和这棵树的生命

---

[1] 这里应指美国风琴演奏者、巴赫学者卡尔·魏因里希（Carl Weinrich，1904—1991），默温在《自传》中提到他在普林斯顿大学读书期间，曾加入一个合唱团并跟魏因里希"学了一点儿歌唱"，曾听其演奏莫扎特和巴赫。

它夏季的和结籽期的绿色
和他出生前听到的和弦
他母亲心脏的风琴回音

云的赞美诗音符升起，呼唤着
彼此，而他把它们合为一体
捧着它们去迎接等待着的合唱
然后用迅速一击将它们切断
于是寂静像雨水一般从天空落下

古音

有一个时期，你会用
变钝了的普通钢针播放唱片
损坏了音槽，或是用更昂贵的
据说是用钨或钻石制造的唱针
磨损了唱片，接着音乐消失
但我和一位朋友得到权威资料
说最好的东西是那种合适的植物的干刺
我知道哪里可以找到：去往
金斯敦派克左边的浅沼泽中
那里曾是森林，后来重新生长
成了长满矮灌木的荒野，生机勃勃
一片世间的大合唱，蟋蟀乌鸫燕雀
乌鸦松鸦还有田鼠浣熊野兔
狐狸的呼吸，微风在灌木丛中
山楂林嗡嗡鸣响一种高音的复调
自从"改良"后都已不复存在了

但当那细微的不协和音演奏时，我们

骑自行车出门，来折干枯的刺枝

我们摘下干刺，满载而归

又听到了贝多芬的拉祖莫夫斯基

四重奏[1]回响在荆棘的末端

---

[1] 拉祖莫夫斯基四重奏是贝多芬第七至第九号弦乐四重奏的别称。这三部
四重奏因受俄国驻奥地利大使拉祖莫夫斯基伯爵的委托而作。

电话丁零零

《迷宫中电话丁零零》

艾德丽安·里奇（1929—2012）

是你是你，只可能

是你在打电话，而我无法及时

回答，无论何时都没有回答

虽然我能听见你的声音而听不到说什么

你自己的声音，只有你的声音正对我说话

穿过黑暗的没有回响、没有年代的走廊

遥不可及的六十年，无法

回答，如果我曾知道该怎么回答

然后我们大笑仿佛我们在谈论相似

与不同，还有变化的回响

谈论识别和它的一个声音

当我们改变而不知道我们在改变

我们回答着但问题仍在那里

我们从来没有回答它，我如今记得

因为它一直丁零零响而我没有回答

当它继续响着而我没有回答

并且仍不知道问题是什么

艺人的世界

它转动但不尝试记住

它不先行也不跟随

不服从也不反对

它不是在回答一个问题

它没有知识即能知道

它在黑暗中一件件地制作

总有足够的黑暗

在时间带着蝉来到之前

类似的昆虫和改进者

它们有许多腿在耀眼的空气中

乘法和级数的创造者

它们永远不触碰在这里醒着

不等待不发问也不被塑造的那个

只是有着不均匀呼吸

有着不会被喧嚣干扰的寂静的那个

野燕麦

细看第一束阳光

触摸棕榈的树梢

我能问什么

所有的珠子都已经

从丝弦掉落

旧弦并不怀念它们

记忆的女儿们

从来不念

她们自己的名字

那个天使

用天堂的语言说

去创造你自己的花园吧

我梦见我在这里

在清晨

梦是它自己的时间

俯视那口老井

我看见自己的脸

接着另一张脸在它后面

我就在那里

早晨的云

在东风中

花园里没有人

秋天的雏菊

拥有属于它们自己的一天

整夜在黑暗的山谷里

雨声从另一个时代

到来

九月，当风

吹起，对我们来说

是数日的等待

我需要我的错误
以它们自己的顺序
带我过来

这是那轮满月
给我们带来
寂静

我把那只歌唱的鸟称作我的朋友
虽然我对他一无所知
而他不知道我存在

我一直忘记
此刻又再次失去的是什么
就在这儿

我必须不断告诉自己
为什么我又将离去
我似乎没有在听

我年轻时相信别的什么地方

我信仰旅行

如今我正变成我自己的树

怎么回事

天空说我正在注视着

看你从虚无中

能做出什么

那时我正抬头看，说

我猜测

你正在做那件事

天空说许多人

正执着于那件事

我正给你一个机会

那时我正抬头看，说

我是我拥有的唯一机会

那时天空并不回答

而今我们在这里

带着我们给这些日子的名字

这些广阔的并不听命于我们的日子

不完美的奇迹

我所做的没有一件完成

所以我不断返回

被这个念头诱惑：我渴望

最终看到所有的事

已经完成且与我疏离

但不是这样，我不断回返的是

那未完成的，它引领着我

我因为那刚刚逃离我的

而变得完整，正像它一直所做的那样

我因为不完整而变得完整

词语并不在词语中

噢蛛丝，蛛丝，呼吸

瞬间，日光，生活，不可接触者
没有名字也没有开始

我们以为我们认识什么

便利

我们并非以它的形象所造

但从一开始我们却相信了它

不是为了单纯地平息饥饿

而是因它随手可得

它可以命令我们奉献

不容争辩也不经我们同意

而无论我们用什么名字称呼它

以它的名义，爱已被放置一旁

无限的时间已经奉献给它

森林被抹去，河流中了毒

真实因它而降级

战争因它而合法

我们相信我们对它有一份权利

即使它不属于任何人

我们到处找路回到它那里

我们确信它正拯救什么
我们把它当作我们个人的救星
我们必须支付的一切就是我们自己

二重唱

那两人一直继续他们的谈话
在他们长长的
伸展的影子尽头
那时太阳正在寂静中下沉
那个做着手势的是"化了妆"的
甚至在剪影里
还在向"被晒黑"的吹嘘，而后者作为回应
什么也没说

遗忘的自然史

当我是我时，我记得

我能记得那些不在那里
但或许
曾经在那里的事物
我仍然能看见
它或它们曾经在的地方
即使没有其他人
说他们记得

我能记起那个男人
穿着棕色西装
在前窗边把我抱起来
像我妈妈那样
哦那是阿登
我妈妈很久以后说

我再没见过他

那扇窗户在我记事前很久

就已经不在那里

后来只有我妈妈的声音

说着那个名字

当我是我时，我无法用言辞表达它

虽然我能看见词语正等着我

去认出它们

未出生者的灵魂

但词语无法述说它

你记得"标签"，我父亲说

向外指着后面那个地方

"标签"曾被系在那里

在他被送到

他喜欢去的地方之前

我父亲说我记得他

我的确记得

如今也记得，虽然从未见过他

当我是我时，我走遍

整个纽约

独行又同行

同行又独行

而我要去哪里

我们要去哪里，何时

我再也不会知道

当我是我时，那些鸟

一只只飞走

再也没有回来

没有人提到

它们的存在与缺席

已去，已远去

当我是我时

我没有变得更老

我看到那个无边的

清晰的时代

没有地平线或开端

直到我开始在雾中醒来

雾变成了云

那美丽的、不可知的

只出现一次的云

它没有记忆

当我曾经是我时

在一道从灌木丛下

流过草地的清澈溪水边

在一生的中途

当时没有人能知道这些

我倾听

多年好友的声音

在流淌的溪水边

我们在那儿安静地

钓小龙虾

曾经在那唯一的夏天

当我是我时，我忘记

无名士兵

在他被杀前一分钟

戴着头盔面对我们

他是个好奇的孩子

李尔之妻[1]

如果他曾问过我

我原本可以告诉他

如果他听我的话

那本来会变成

另一个故事

在她们出生以前

我就了解她们

当高纳里尔在我胸前

我望着这个世界

看见黑暗中的血

我挣扎着醒来

---

[1] 此诗背景是莎士比亚的悲剧《李尔王》，剧中老年李尔王无儿，有三个嫁出的女儿：高纳里尔、里根、考狄利娅。但李尔之妻没有出现。

当里根在我胸前
我望向这个世界
吓得捂住了嘴

当我把考狄利娅抱在怀里
在我胸前
我想把她唤醒
怀着爱和无助
我哭了

至于他
他已经忘记了我
甚至在她们忘记我之前

只有考狄利娅
没有忘记
一丝一毫
但问到她时她什么都
不说

IV

身份

当汉斯·霍夫曼[1]变成一只刺猬

在德国，已经连同它的森林

和刺篱一起消失了的某个地方

莎士比亚本来会作为一个年轻演员

开始生涯，在一个对于汉斯来说

只是一个词语的国家——

汉斯已经跟从别人学习，那些人

只凭听到的相关故事描画动物

而从未看到过它们一眼

或是凭那些带着残存光线的

尸体——悬挂或是平放在桌子上

沉默而死一般的安静，永远

被皮毛或羽毛紧紧包裹

而他也从其他人那里学习

---

[1] 汉斯·霍夫曼（Hans Hofmann，1880—1966），出生于德国的美国画家，其创作影响了抽象表现主义。

那些人摆放动物尸体

就好像它们仍然活着，正全心

飞行或走在途中，但这只刺猬

在那里像在他自己的生命中

四下观望，看他拿着

驼毛刷和摊开的羊皮纸

当他转向每一根锋利的

独特的刺猬刺和长长的抽动的

鼻子上每一根黑色的须，还有那些

带爪子的脚——生来只为缓慢移动

和沿着黑暗的石头下方摸索

当汉斯把它们带进来，他

变成了我们将要看到的汉斯

苍鹭时间

我三十岁前最后那个夏天

在柏格丢斯河畔那座因屋顶凹陷

而靠在一起才得以不倒的老房子里

每个房间的天花板上都有花栗鼠

鼠窝的气味是一种陪伴

我会在破晓前起来悄悄出门

尽量不弄醒那只红松鼠

但总是失败而他

从我正上方一根树枝上

对着整个世界尖叫：坏人坏人

一直等到我走到一片空地边缘

在空地的寂静中穿过它

来到那片冷杉高耸的树林

河上的薄雾正从树冠间筛落

还有半藏在它们下方的

响亮的流水声

我轻轻移动希望能够接近

离岸不远的涉水河鸟

在河水的轰鸣中我走向

那只正站在我前方的

大蓝鹭

有片刻一动不动

我无法衡量时间长短

然后他张开翅膀

并不拍动一下，就已经远去

嘚——嘚——

在我手中一段小小的

弧形铁

旧且磨损

很久以前

有五个

用于方钉的孔

嘚——嘚——

好车

比驴子长久

它们的轴在空中

磨亮的犁

比那些最后的马长久

然后它们慢慢地回头

看大地的颜色

咕——咕——

我听见
布谷
鸣叫
远在另一个
季节
另一年
这个季节
今年

甚至在新路上

咕——咕——

夏天的声音

当我听到布谷
又一次
它成了我自己的鸟
我已经忘了有多久
不曾听到
我很少看到的这种鸟
而它的鸣叫我从未忘记

布——谷——
它再次
在它的夏天
也从记忆中的夏天鸣叫
但在它鸣叫的那一刻
没有记忆

只有夜晚牧场的寂静

和羊群在一起
所有这些年同时出现
在不断延伸的阴影中
在橡树间，沿着山脊
和遥远的下方闪闪发光的山谷

谁听到了它
刚刚

谁记得

此刻它在哪里
倾听
比那些在长长的影子里
吃草的羊群更远的地方

黑鸢

这些漫长凉爽的春末的日子

始于遥远山谷边缘上空

日出时一片无声的火焰

一整天云聚又云散

如我记忆中这里往年的寒春

穿过来来去去的年岁

丧失、变化，漫长的爱情最终到来

山下的河一路流淌穿行其中

在从不曾改变的清晰时刻

在那段没有丝毫索求的时间里

仍然有鸫鹩歌唱黄鹂致意

每天傍晚这个时候都有一只黑鸢

来自高地，在头顶上低低掠过

独自飞行，既不攀升上行的暖流也不捕猎

不鸣叫也不忙于任何事情

翅膀和尾巴几乎不动

当他渐渐消逝在日落前

布满长长金色光亮的开阔山谷上方

他飞入光亮，只为待在那里

狐火

记住我
但你无法记住我

你无法
记住你初次看见我的情形
那你当时怎么
知道我的

怎么知道
如果你以前
从不曾见过我

你认为
光正从哪里来
微云闪亮
轻舞

萤火虫的黄金

在黑暗橡树之上

在那边山谷中

在山后面

在粗糙的纪念碑后面

它对你不曾在那儿见过的一天

说：永不忘记

有时我观察你

透过日光

距离之近

你会难以相信

我是从前的瞬间

我是你记忆中的空白

我是你刚刚忘记的

那个家伙

你从未听见我

对你来说我没有声音

也没有其他人听到我

但当你看见我，你倾听

当你搜寻我

你倾听

你带着你的许多疑问

我却没有疑问

你问我去哪里

甚至当你看见我时

你和你给我的名字

来自其他噪音

其他时间、地点

严肃的名字圣人的名字

嘲笑的名字孩子气的名字

鬼火

我没有名字

没有国土

只要我高兴就会到你这里来

你看见或没注意

无论你会在哪里

我没有答案

但你从未忘记我

无论你是否知晓

我没有年龄

你也不需要

相信我

无论生或死

我喜欢长夜

春夜和秋夜

薄雾是朋友

我不知道

什么是期望

远离种种定义

我不被诱惑

不会像可怜的鱼那样

被捕获

我是木板吱吱响时的光

就在那时

我不会被召唤回来

当你看到我时
我从来不是
其他任何人

转折

对我来说我走得太快，我错过的
超过了我能记起的

有时看起来，几乎是错过了一切
但仍然有可能回来

有可能我没注意到它们站在
我本来可以伸手触到它们的地方

今天早上那只黑色比利时牧羊犬
仍然年轻，它抬头看并说

这次你准备好了吗

脚上的铁链

如果我们忘记了托普西 [1]

托普西会记得

当我们忘记了她妈妈

在森林里被枪杀

忘记是谁杀了她

把她卖给了哪些人

象牙，脚，好的部位

以及她们死在哪里，怎么死的

她们的孩子怎么样了

以及森林那里发生了什么

托普西都记得

---

[1] 托普西（Topsy，1875—1903），一头亚洲雌象，幼年被运至美国纽约，在马戏团因受虐待而伤人，先被喂了氰化物，后被电击而死，据说是在爱迪生的主张下第一次使用了交流电。

当我们忘记了

为了实验

第一次

电线怎么固定到她身上

她怎样被烧得冒烟

在那里打战

而他们都在观看

但她没死

当我们忘记了

点着的香烟

对她最后的嘲笑

先点着的那头

好像是一粒花生米

因为这个玩笑，她

杀了他

我们将再也看不到家

当我们忘记了马戏团

和借着进步之名

观看对她行刑的门票

以及爱迪生和电椅

那么蘑菇云还将升起

在沙漠上空

那是西方被战胜的地方

B-29 超级堡垒轰炸机 [1] 将还起飞

在牧师的祝福之后

来自黑山发电厂的烟雾

从月球上

都能看见

森林将消失

灭绝将加速

北极熊将漂浮着

越走越远

远离托普西记得的

世界的边缘

---

[1] 原文为 *Enola Gay*（艾诺拉·杰伊），指 1945 年 8 月 6 日在广岛上空投下原子弹"小男孩"的 B-29 超级堡垒轰炸机。

没有旗帜

自从他在极地竖起

那面旗帜，那个在他之前

从未有人到过的地方，自从

他归来，在盛大的欢庆

旗帜，演说，奖牌

他曾经梦寐以求的名声

国王们的赞赏之后，他渐渐感到

无以名之的死亡的寒冷

他向后穿过云层般

无声的一次次演说

再向后穿过没有动静

或颜色的层层旗帜——

它们堆放在他周围，像层层影子

一生的黑暗帷幕

那里的一切都不为人知，它们

也已经离开，他只看到

云层下苍茫无际，穿过它

他自己两眼中的冰

再越过那冰，他注视

那些狗站成一排望着他——

当初是它们拉着他的雪橇

将他的整个探险

带到这个无形的极点

看着他竖起了那面旗帜

用奇怪的声音，在空无一人的地方

大喊——它们都是

后来他杀掉的那些狗

杀掉又吃掉，又喂给那些

还要将他拉回来的狗

它们一直注视着他

这里从未有人来过

给白居易的一封信

在你被贬谪的第十个冬天

寒冷一直不放过你

而饥饿让你体内作痛

日日夜夜，你听到有声音

从你周围饥饿的嘴里传来

老人和婴儿和动物

白骨的幕布在木桩上飘荡

你听到鸟儿微弱的叫声

它们正在冰冻的泥土里搜寻

能吞咽的东西，你看着候鸟

困在寒冷中，许多大雁

白天更虚弱，后来它们的翅膀

几乎无法让它们飞离地面

所以有一群男孩用一张网

捉住了一只，将它拖到集市上
准备烹饪，正好那时你
看到它，这个流亡者，你
花钱买下它，养在身边，直到
它又能飞起来，你才让它离开
但在你那个时代，遍地战火
在这世界上它又能飞到哪里
士兵饥饿，大火熊熊
刀光剑影，在一千二百年前

我一直想告诉你
那只大雁很好，在这儿和我待在一起
你会认出这只老候鸟
它在我身边很久了
不急于离开这里
如今战争规模超过以往
贪婪之严重，已经到了你难以
相信的地步，我不会告诉你
在杀死雁群之前他们做了什么
如今我们正在融化地球的

两极，但我从来不知道

离开我之后，它会去哪里 [1]

---

[1] 这首诗对话的是元和十年（公元 815 年）冬白居易在九江所作《放旅雁》一诗："九江十年冬大雪，江水生冰树枝折。百鸟无食东西飞，中有旅雁声最饥。雪中啄草冰上宿，翅冷腾空飞动迟。江童持网捕将去，手携入市生卖之。我本北人今谪谪，人鸟虽殊同是客。见此客鸟伤客人，赎汝放汝飞入云。雁雁汝飞向何处？第一莫飞西北去。淮西有贼讨未平，百万甲兵久屯聚。官军贼军相守老，食尽兵穷将及汝。健儿饥饿射汝吃，拔汝翅翎为箭羽。"白居易在元和十年八月被贬为江州司马，十三年底被任命为忠州刺史，十四年二月离江州往忠州。

主题变奏

感谢你，我持续一生的午后

在这个没有年龄的季末

感谢你，为你让我拥有开在河流上方的窗户

感谢你，为你终于在正确的时间把我带到

我的真爱面前，为那些

出自沉默又让我惊讶的词语

它们带我度过了晴朗的一天

一次也不曾回头看我

感谢你，为朋友们和他们悠长的回声

为那些只属于我的错误

为那种怀乡病，它引导年轻的鸽鸟

从某个它们醒来之前

就爱的地方，到另一个

它们看见之前就爱的地方

感谢你，整个身体和手和眼睛

感谢你，为那些风景和时刻

它们只为我所知而我将不会再看见它们
除了在我的心灵之眼中，在那里它们不曾改变
感谢你，为你给我看了早晨的星星
为那些正给我带路的狗

方舟的船头

我无法讲述我还记得的事

虽然在那儿完全是我说的样子

船头在山上的擦刮声

之前是四十天雨水的黑暗日子

和无边无际的遗忘的洪水

缓慢漂流没有一帆一舵

动物的喧闹混乱

无助的呼喊、咆哮、嘶嘶声、尖叫声

从无应答，然后是翅膀的声音

那是他在放出乌鸦

而乌鸦飞走后再没返回

几天后鸽子的翅膀从天光处

带回了橄榄树的嫩枝

然后在黎明前的第一抹灰色里

支撑着他们的大山的声音

在遗忘的潮水上方安静下来

一扇扇门终于尖叫着打开

动物一只接一只走出来

走入寂静的圆光里

借着天光，它们的影子找到了它们

然后雌雄成对地离开

再次进入第一次

还有船工和他的家人

操起他们的语言和工具和在大地上

最初的步子，又全被忘记了

很快就无法判断

他的名字是不是他真正的名字

或者他是否存在过

虽然我们听到了船头的刮擦声 [1]

---

[1] 这首诗的背景是挪亚方舟，参见《旧约·创世记》第6—8章。

译后记

这次译出默温的作品，有些侥幸的感觉。以前买过他的诗集、诗合集、诗选和译诗集，印象最深的是2012年读到《天狼星的影子》，试着译了几个月，满意的只有三五首，便知难而退。两年前读到他2016年的诗集《花园时光》，太喜欢了，边读边试着译，居然译了大半，真是意外。这本诗集是老诗人视力丧失时期的作品，有些还是口授之作，简单纯粹，仍保持没有标点这一特色。前者或许是我感到译来顺利、终于译完的原因吧，后者则确实是我经常犹豫不定、反复改动的主要原因。默温舍弃标点是他有意识的选择（1963年诗集《移动靶》中有些诗还有标点），让作品保持一定程度的敞开状态，读者在阅读中必须断句，不同的断句方式会带来歧义。译者有意保留这一特色，但也不为勉强，避免译诗别生歧义，必要时用少量简单的标点，行末不加。译完这本小集后又向前一步，译了他的倒数第二本诗集……当然，或许不像说得这么简单，毕竟磨蹭两年之久，而且，我明白，虽然译出了这两本默温诗集，但面对他的其他诗集时，可能还会束手无策，知难而退。这两本诗集出版时间较短，没有查到可供参考的研究著作，译者翻阅他的2005年自传，也只引了两处做注释。译近结束，我才想到：这里的几乎所有诗作，研究资料未免显得大而不当，这些诗，反复读，静静读，就够了。同样，我们也不要把默温诗的含混和歧义看得很特殊，我们读中国古诗，何尝不是经常遇到类似的情形，甚至这种不加标点的方式，与我们读古籍的体验也颇为相似吧。是为记。

2020 年 8 月 10 日，9 月 5 日

文景

社 科 新 知　文 艺 新 潮

Horizon

清晨之前的月亮

［美］W. S. 默温 著

柳向阳 译

出 品 人：姚映然

责任编辑：李 琬

营销编辑：杨 朗

封扉设计：周伟伟

出　　品：北京世纪文景文化传播有限责任公司

　　　　　（北京朝阳区东土城路8号林达大厦A座4A 100013）

出版发行：上海世纪出版股份有限公司

印　　刷：山东临沂新华印刷物流集团有限责任公司

制　　版：北京百朗文化传播有限公司

开 本：850×1168mm 1/32

印 张：8.625　　字 数：119,000　　插页：2

2023年7月第1版　　2024年1月第2次印刷

定 价：65.00元

ISBN：978-7-208-18222-6/I·2072

图书在版编目（CIP）数据

清晨之前的月亮 /（美）W. S. 默温（W.S.Merwin）
著；柳向阳译. –– 上海：上海人民出版社，2023

书名原文：The Moon Before Morning

ISBN 978-7-208-18222-6

Ⅰ.①清… Ⅱ.①W…②柳… Ⅲ.①诗集–美国–现
代 Ⅳ.①I712.25

中国国家版本馆CIP数据核字（2023）第073501号

本书如有印装错误，请致电本社更换 010-52187586